KB237299

문학과지성 시인선 380

찔러본다

최영철 시집

문학과지성사

문학과지성사에서 펴낸 최영철의 시집

일광욕하는 가구(2000)
호루라기(2006)

문학과지성 시인선 380
찔러본다

초판 1쇄 발행 2010년 8월 26일
초판 4쇄 발행 2013년 10월 31일

지 은 이 최영철
펴 낸 이 주일우
펴 낸 곳 ㈜문학과지성사

등록번호 제1993-000098호
주   소 121-840 서울 마포구 서교동 395-2
전   화 02)338-7224
팩   스 02)323-4180(편집) 02)338-7221(영업)
전자우편 moonji@moonji.com
홈페이지 www.moonji.com

ⓒ 최영철, 2010. Printed in Seoul, Korea

ISBN 978-89-320-2072-3

* 지은이는 2008년 한국문화예술위원회가 지원한 창작지원금을 수혜했습니다.

문학과지성 시인선 380

찔러본다

최영철

2010

시인의 말

내 게으름의 핑계가 되어준 병
내 가난의 핑계가 되어준 시

그들과 함께 조금만 더 애절하기를

2010년 여름
도요마을에서
최영철

찔러본다

차례

제1부

노을

한 열흘 대장장이가 두드려 만든
초승달 칼날이
만사 다 빗장 지르고 터벅터벅 돌아가는
내 가슴살을 스윽 벤다
누구든 함부로 기울면 이렇게 된다고
피 닦은 수건을 우리 집 뒷산에 걸었다

애벌레의 밤

땅속 깊이 묻혀 있었네
사정없이 할퀴고 간
겨울을 뒤집어쓰고 있었네
아무에게도 무섭다 춥다 어둡다
말하지 않았네
해 뜨면 금세 날아갈 눈물
비가 데리고 갔네
아무 데나 짖어댄 저 달
사랑이 궁하기로서니
마구 꼬리를 흔들 일은 아니었네
별은 가지와 가지 사이를
너무 빨리 옮겨 다녔네
밤이 깊어지기도 전에
바위는 제 눈을 닫아걸었네
종종걸음으로 물은
아래로 아래로 흘러가버렸네
천둥은 너무 큰 소리로
제 가슴을 두드리며 울부짖었네

가난과 어두움이 달아날까 봐
나는 아무 노래도 부르지 않았네

잎들

언젠가 한번은 날아보는 게 꿈이었네

그 첫 단계, 날개 키우기

저에게도 저 새처럼 팔랑대는 날개를 주세요

바람이 그 소원을 아시고는 부지런히 날개의 실핏
줄을 달아주었지

그 두번째 단계, 군살 빼고 가벼워지기

저도 저 바람처럼 찰랑대는 하늘을 주세요

비가 그 소원을 아시고는 호된 채찍질로 푸른 근육
을 심어주셨지

잎새가 온통 날개 되어 휘날린 아주 짧은 활공

부러진 프로펠러가 바닥에 수북했었지

짧은 비행을 끝내고 돌아와 단잠에 빠진 잎들

소록소록 깨알처럼 작아져 처음으로 돌아가는 아이
들의 행진

다시 하늘은 높고 깊은 눈

게임의 법칙

방역차 오기 전 동네방네 먼저 다니며
장독 뚜껑 잘 닫고 우물도 잘 간수하라고
떠들며 다닌 이가 있었다
적들이 밀려오기 전 공습 있기 전
다급한 사이렌으로 시시콜콜
고자질해준 이도 있었다
그것이 공명정대한 게임의 법칙
이상하게도 바퀴벌레 쥐약 놓기 전
파리 모기약 치기 전
화생방 경보 발동해주는 이가 없다
에에에에엥 사이렌 울린 뒤
곧 무자비한 살육이 감행될 것이므로
각자 알아서 죽을 준비를 하거나
죽을힘으로 다시 한 번 부리나케 도망가보라고
경고해주는 이가 없다
그놈들 등쌀에 참다 참다 약국 가기 전
나는 잠시 후 대대적인 소탕작전이 있을 것이므로
죽든지 도망가든지 알아서들 하라고

이 방 저 방 장롱 냉장고 신발장 아래
엉금엉금 틈 많은 내 인정사정을 향해
몇 번이고 중얼중얼 외고 다녔다
내 안에 기생해 사는 게으른 잡것들 박멸하려고
아내가 나를 향해 살충제 뿌려댈 때도
나는 그보다 조금 전 내 몸 훌훌 털어
그것들 다 내보내고 난 후였다
그것이 공명정대한 게임의 법칙

도망가는 안경

자꾸 흘러내리는 안경
오래 쓰고 다닌 안경
이제 내가 싫어졌나
걸핏하면 미끈둥 미끄럼을 탄다
이러다 은근슬쩍
안 보이는 데로 도망이라도 가려는지
멀리 가 팔자라도 고치려는지
바닥에 엎드려 박장대소
옆에 두고도 더듬거리는 나를
배까지 까뒤집고 박장대소
내게서 도망가려다 걱정이 앞을 가려
십 리도 못 가고
한 발짝도 못 가고
주르륵 땅에 떨어져서도
다친 데 하나 없이
긁힌 데 하나 없이
땀방울만 송글송글
제 좋아 도망가다 도망 못 간 것은

넘어져 코가 깨져도
피는 안 나고 땀방울만 숭글숭글
이렇게 웃음만 송글송글

엄청난 무기

학교 앞 문구점에서 풀 한 통 사들고 나오며
어깨가 우쭐
풀 한 통이면 수십 수백 갈래 흩어진 것들
찢어진 것들 반듯하게 하나로 꿰맬 수 있는데
말하고 싶어 자꾸만 들썩이는 가벼운 입
조용히 아무 탈 없이 봉해버릴 수 있는데
무엇이 걱정
이것 하나면 뿔뿔이 흩어진 창세기와 계시록을 붙
이고
비운에 찢겨나간 백제와 가야를 붙이고
마지막 숨 넘어가는 생물도감의 실밥을
단단히 단단히 이어 붙일 수 있는데
폭격으로 동강 난 반도의 허리도 이을 수 있는데
무엇이 걱정
동전 두어 개로 이 엄청난 무기를 손에 쥐고
씽씽 찬바람 이는 내 가슴살부터 이어 붙일 생각에
어깨가 우쭐
자꾸만 떨어져 너덜거리는 지구 곳곳

산산조각 찢겨 휘날리는 세계지도부터
구멍 난 땅, 떨어져 흩날리는 꽃잎부터
가만가만 풀칠해 붙일 생각에
어깨가 우쭐

4월 꽃비

야 이 후레자식아
점심은 뭘 먹을까
궁리하며 가는데
야 이 후레자식아
후드득 달려온 꽃이
내 면상을 때린다
금방 내팽개치고 온 말
야 이 후레자식아
후회하며 가는데
지금 네 눈엔
내가 보이지도 않느냐고
꽃들이 와르르 무너지며
고래고래 아우성이다
야 이 후레자식아
아직 떨어질 때가 아닌 꽃들이
아직 울부짖을 때가 아닌 꽃들이
땅만 보고 걷는 내 뒤통수를 치려고
딴생각만 하는 등짝을 후려갈기려고

제 몸의 비늘들을 마구 쏘아 보내고 있다
야 이 후레자식아
너 가는 데 어딘지 보자고
그렇게 가서
얼마나 잘되는지 보자고
어깨에 자꾸 달라붙는
두 팔 벌려 앞을 가로막는
꽃들아 꽃들아
야 이 후레자식들아

바디랭귀지

느닷없이 내리는 부슬비 맞으며 셔틀버스 기다리
는데
저만치 우산 받치고 선 외국인
자기 우산 속으로 들어오라며 손짓이다
이런 봄비쯤이야, 설레설레 괜찮다고 손 흔들었더니
요즘 비 맞을 거 못 된다고 살랑살랑 또 손짓이다
우산 속에 나란히 서서 가로수 아래 풀잎을 보고
있는데
다급하게 쫓아 들어온 체면 없는 비를 마다않고
풀잎들은 서로 자리를 내어주느라 설레설레 살랑살
랑 물결친다
버스가 오고 서로 먼저 타라고 손을 내밀고
버스가 서고 서로 잘 가라고 손을 흔들어주었다
몇 정거장 지나 다른 나라에 왔는데도 비는 내렸다
풀잎은 어서 오라고 손을 흔들고
그러지 않아도 지금 간다며 비는 미끄럼을 탔다
여기 목마른 곳 간지러운 곳 있다고 풀잎은 몸을
비틀고

안다고 다 안다고 비는 거기에 정확히 파고들었다
문 열어달라고 댕댕댕 비는 풀잎의 심장을 두드리고
벌써 다 열어놓았다고 풀잎은 비를 받아들였다

뙤약볕 저 여자

땡볕 피해 잠시 그늘에 서서 땀 식히는데
건너편 공사장
함지에 돌무더기 담아 부지런히 이다 나르는 저 여자
노래방 도우미만 해도 한 시간 몇만 원이라는데
공짜 술에 노래에 장단이나 맞추어주면
넉넉한 하루 일당이라는데
참 딱하다 시원한 그늘을 두고
땡볕 아래 구슬땀 흘리며 가지 뻗는 저 여자
큰 나무가 드리워준 시원한 그늘을 마다하고
있는 힘 다해 그늘을 밀어내며
은근히 파고 들어온 남정네의 취한 손길을 밀어내며
참 딱하다 그늘에서 퍼낸 돌무더기
뙤약볕 아래 자꾸자꾸 내다 버리고 있는 저 여자
그녀가 버린 돌무더기
환한 땡볕 아래 모여 앉아 반질반질 윤기 나는 눈
으로
이쪽 그늘의 나를 쳐다보는데
와르르 또 한 번의·돌무더기를 내려놓고

바삐 돌아서는 저 여자
그늘에 선 나를 쓸어 담아
와르르 뙤약볕 한가운데 내려놓으려고
성큼성큼 다가오고 있는 저 여자

공친 날의 풍년가

어느 봄날 춘궁기 주막거리 외상값 떼먹고
깡마른 들판을 내팽개치고 나온
그들은 지금 인력시장 옆 구멍가게에서
주전부리가 한창이다 일당 놓치고
라면에 빵에 늦은 아침을 때우는데
마침 가는 빗줄기가 그들이 앉은 평상 위로 떨어
졌고
초가을 가랑비를 가만히 바라보고 있던 그중 하나
에이 오늘도 공쳤다며 막걸리 서너 통 바닥에 늘어
놓았다
일찍부터 줄 선 젊은 아이들 보며
오늘 또 공친 줄 벌써부터 알았던 중늙은이들이
입맛 다시며 엉덩이 당겨 앉으며
때마침 마누라에게 고해바칠 핑곗거리가 되어준
가랑비가 고마웠던 것이다
먹다 만 라면 국물 동그란 파문으로 깨어나
주섬주섬 옷 입고 하늘로 올라가던 훈김들이
빗줄기에 덜미가 잡혀 처음 자리로 돌아오고 있었다

오늘은 공친 날, 대포 한잔하는 사이
새우깡이 젖고 희끗하게 날선 머리카락이 젖고
어제도 그제도 땀을 받아먹지 못해 빳빳해진
작업복이 젖고 있었다 후줄근히 어깨 힘을 풀고
막걸리 두어 잔에 비는 땀처럼
둘러앉은 대여섯을 골고루 적셨다 젖을 만큼 젖자
한나절 가대기를 치고 난 몸처럼 모두 말수가 적어
졌고
젤로 늙어 보이는 영감 하나
시키지도 않은 노랫가락을 뽑아낸 것이었다
풍년이 왔네 풍년이 왔네
금수강산 풍년이 왔네 지화 좋다 얼씨구나,
웬 느닷없는 풍년가냐고 머쓱해하던 사내들
늦게 감 잡고, 노가다 일당은 흉년이라도
들판 나락은 풍년이라네 얼씨구절씨구 풍년이라네
미리 약속이나 한 듯 으쓱으쓱 모 심고
덩실덩실 벼 베는 어깨춤을 시작한 것이었다

재래시장 살리기

대형마트에 얻어터진 난전의 눈두덩이 시퍼렇다
온 데 파스를 바르고 나온 친절 연습
사시사철 땡볕 세례에 그을린 할머니들
애교 떨며 보조개 만들며 요염한 브이 자를 그린다
눈물겹다 자본주의 꽁무니라도 따라붙으려는
저 늦은 보충 학습
열등반으로 내몰렸으면 오기와 끈기만이 승부수
이왕 내친 길, 시장이 살 길은 시장
마트의 얼굴로 성형수술 할 게 아니라
더욱, 오로지, 바야흐로, 마침내
초지일관으로 시장다워지는 것
씩씩하게 툭툭 쥐어박듯
말 놓고 쌍심지 켜고
살 테면 사고 말 테면 말아라
단돈 천 원에 백 원에 십 원에 떨며
바들바들 침 발라 만 원짜리 퉤퉤 꼬불치는 것
덤 하나에 반 토막에 밀고 당기며 악에 악을 쓰다가
기분 나면 한 주먹 얹어주고 손 터는 것

아침은 여전히 시장 바닥에 제일 먼저 당도해
빛나는 햇살 꾸러미를 무진장 풀어놓았고
후줄근한 세상사 다시 이판사판 벼랑으로 내모는 것

태양슈퍼

종일 있어도 햇볕 한번 들지 않는
북향의 구멍가게 간판이 태양슈퍼다
가게 한쪽에는 아침부터 밤늦게까지
술 마시는 사내들, 쨍하게 해 뜰 날
기다리지만 이쪽으로는 어차피
해가 뜨지 않는다는 걸 안다
북향으로 잘못 앉아버린 가게 탓은 하지 않고
그늘에 숨어들어 허송한 세월 탓은 하지 않고
큰길 건너 남향, 혼자 햇볕 다 받고 있는
5층 건물 쏘아보며 가래침을 뱉는다
태양도 없고 슈퍼도 아닌 길
마음만 먹으면 한쪽 손으로 쓰윽 치우고
갈 수도 있는 길, 너무 오래 머물렀다
사내들은 이제 태양을 받거나
태양을 붙잡는 일은 애당초 글렀다고
판단한 듯하다 그래서인가
모두 할 말이 많다 종일 시부렁대도
목청이 자꾸 높아진다

점점 열이 올라 절절 끓게 된 낯빛이
벌겋게 벌겋게 제 스스로 태양이 될
작정을 한 모양이다 밤늦도록 지지 않는
태양이 되어버린 사내들이
그제야 하나둘 집으로 돌아가고 있다

별이네 가게

별이네 가게에 라면 두 봉지 사러 갔는데
철문이 내려져 있다
별이가 깰까 봐 살금살금 철문을 두드리는데
아무 기척이 없다
별이가 깨어나도 어쩔 수 없지
더 크게 두드려도 기척이 없다
철문 사이 보이는 가게 안으로
어두운 먼지가 아득히 내려앉고 있다
별이네의 한숨이 천장 모서리에 숨었다가
맥을 놓으며 내려앉고 있다
먼 저쪽에서 별이의
울음 터지는 소리가 난 듯도 하다
계산대의 찢어진 비닐 의자가
엎어져 있다 부엌에 올려놓고 온 라면 물이
구급차 소리로 들끓으며
으아아아— 골목 밖으로 뛰쳐나오고 있다
급히 집으로 가는데
하늘에 별이 하나도 없다

비밀

반찬거리 파는 할머니
조르지도 않았는데
주위 눈치 보며 얼른
새싹 몇 잎 더 넣어준다
할머니와 나만 아는 비밀
다른 사람 절대 알아선 안 되는
무슨 돌이킬 수 없는
불륜이라도 저지른 듯
콩닥콩닥 가슴이 뛰었다

돼지예수

저기 예수 간다
못된 올무에 걸린 산돼지
올무를 훈장처럼 두르고
덜렁덜렁 사내들 어깨에 매달려
살 파고든 총알 보석처럼 안고
저기 예수 간다
꽥꽥 단말마 비명으로
너희가 나의 일용할 양식 앗아가고도
저리 굶주려 울부짖고 있으니
다 안다 다 안다 조금만 기다리라며
늙은 몸뚱이 마지막 바치러 간다
한쪽 다리 칭칭 인간의 죄 감고
나머지 다리 인간의 죄 덮으며 간다
끝없이 흘러내리는 썩은 죄 뒤집어쓰고
할렐루야 할렐루야 찢어진 살점
소금눈물 뿌리며 간다
벌써부터 알맞게 구워지는
골고다 언덕 넘어간다

토마토

아무것도 없더니 아기 불알만 하구나 아기 불알만
하더니 아기 주먹만 하구나 아기 주먹만 하더니 아기
머리통만 하구나

흙빛이더니 연초록이구나 연초록이더니 연분홍이
구나 연분홍이더니 발갛게 발갛게 다 끓어 넘쳤구나

몇 날 며칠 삼킨 해를
한입에 넣고 오물거리는
터질 듯한 너의 볼

장단

숟가락 젓가락 어깨춤 배춤 먹다 만 국그릇 빈 밥그릇

간장 종지 짜게 갔다 싱겁게 돌아오는 지게목발 된서리

내 뺨따귀 네 허벅지 내 머리통 네 등허리

질펀 넓적 오동통 볼기짝 망할 놈 육시랄 놈

산에 가서 나무 베고 강에 가서 멱 감아

간들간들 봄바람 살랑살랑 여름바람 휘영청 갈바람

얼음장 칼바람 날 선 꽃샘바람 뻥 뚫는 빈 가슴 메아리

뚝딱 뚜다닥 뚝닥 뚜닥 어두운 담벼락

높이 선 적막을 밀어내고 잡귀를 쫓아내고

서에 번쩍 북에 번쩍 한달음에 도망가는 앞뒤 강 추임새

얼쑤 한번 일어나 덩실덩실 놀아보는 굿거리 세마치

중모리 중중모리 자진모리 휘모리 엇모리

양은냄비 두레밥상 꽹과리가 깨앵깨앵 소리쳐 부르자

단잠 깨고 오종종 걸어와 묵직한 징소리로 엎드린
햇살 한 줌 궁……………………………………

사촌들

큰 조카 결혼식에서 오랜만에 본다
서로 늙어 보여 고소하다고 돌아서서 키득키득 웃
는다
사촌이 논 사면 배 아프다
아직 깜장머리 그대로인 동생의 뒤통수나 한 대 갈
긴다
오십 넘어 무럭무럭 솟는 용심이라도 있어
빛나게 잘 닦아놓은 차에 발길질을 한다
새로 이사 간 집에 가 고스톱이나 치자고
반질반질 원목 마루에 담배 구멍이나 내자고
얼추 합의를 보다가
부엌에 올려놓고 온 냄비 생각이 난듯
달달달달 급히 시동 걸어 내뺀다
번갯불처럼 만나 헤어지고도 서운하지 않게 된
아버지 어머니의 형제들이 사이좋게 낳아주고 간
사촌들
수십 년 전 그 모습도 아슴한 할아버지 할머니 골격이
얼굴 위로 희미하게 떠오르고 있는 사촌들
다시 만나면 또 이름이 아리송해질 사촌들

은행 밖 은행

지난밤 설사 만난 듯
은행 앞 은행
모두 똥이다
은행 뒤 은행
모두 돈이다
밤 도적 바람이
급하게 털다 만
노란 알 동전
은행 앞 은행
게워낸 속 지독하다
은행 뒤 은행
돈세탁 질펀하다
쏟아진 돈의 쭉정이 똥
쏟아진 똥의 쭉정이 돈

풀씨

부여잡는 것들 바짓가랑이
가슴에 등에 허벅지에
마구 매달린 것들
저 먼 다른 세상 좀
데려가달라고 내려달라고
백두산 가는 연변 어느 식당
육십년대 짝꿍처럼 조르는 동포 처녀
이러지도 저러지도 못 하고
쩔쩔 매는 이 선 저 산 우르르
열녀문 부수고 나온 수절 과부 몇
어서 가자 야단이다
동네 어르신 볼까 봐 살금살금
바람난 계집들 보쌈해 나온 고샅길
양 어깨가 묵직하다

5월에

막무가내 퍼붓는
햇볕 최루탄

흙으로 둘러친
몇 겹 바리케이드

눈 시려 따가워
숨죽이고 선 씨앗들

한바탕 구름 물대포 쏟아지자
더 이상 참을 수 없다고

불끈불끈 일제히
고개 치켜든다

죽창 같은 싹들
화염병 같은 꽃들

금강수 한 병

어떻게 여기까지 흘러왔느냐
길은 막히지 않더냐
가로막는 돌무더기 없더냐
그 물속에 뭘 숨겼는지
캐묻지는 않더냐
다른 물 섞어 흔들지는 않더냐
내가 그때 한탄강 너머 띄워 보낸
안부 편지 받아보았더냐
그래 이리 부지런히 달려온 것이냐
맑은 개골산 노래 실어 보낸 것이냐
계곡 깊은 개울물에 꼭꼭 눌러 쓴 사연
방울방울 빼곡하구나
이리 살피고 저리 어루만져
다 펼쳐 읽기에 밤이 짧구나

자연학교

왜 지각했냐 물으면 아침 햇살 받아먹는 꽃잎 보느라, 어기적어기적 가는 쇠똥구리 앞지르지 못해 그랬다 하면 그만인 학교, 왜 결석했냐 물으면 단비 받아먹는 어린 싹 보느라 추녀 끝에 놀러온 새소리 듣느라 그랬다 하면 그만인 학교, 문제는 잠자리나 나비의 날갯짓 속에 있고 답은 씀바귀의 쓴 뿌리 속에 있는 학교, 나비 때 파닥임을 쫓아가다 하루가 다 가고 모르는 걸 물으면 두어 번 머리 긁적이며 씩 웃어주면 그만인 학교, 고개 돌려 잠시만 돌아보면 문제와 답이 거기 다 있는 학교, 성적증명서나 졸업증명서는 발급해주지 않는 학교, 입학 편입 전학 복학이 자유로운 학교, 이름 부르기도 전에 먼저 여기요 여기요 나서던 아이들 하나둘 빈자리만 남은 학교, 며칠씩 무단결석한 동무의 안부를 아무도 알 수 없게 된 학교, 가정방문을 가도 숭굴숭굴한 집터만 남은 학교, 학적부 기록이 희미해져 얼굴도 이름도 잘 보이지 않는 학교, 한동안 분교였으나 지금은 모두 다른 간판을 내걸고 있는 학교, 곧 지구에서 없어질 학교

오늘은 절필

산책을 나가며 아니 사냥을 나가며
볼펜을 주머니에 아니 사냥총 가슴에
강변에 핀 백일홍 열심히 뛰고 걷는 사람들
바라보다 지나치다 아차 이럴 때 아니지
슬그머니 사냥총 조준해보다
한두 발 쏘아보기도 하다
화알짝 놀라는 꽃들 별꼴이야 흘겨보는 꽃들
심심산골 평화로운 녀석들 향해 마구 총질해댄 밀
렵꾼
숫처녀 사생활 훔쳐본 염탐꾼 다를 바 없네
거두지도 못할 꽃들 향해 마구 총질 해대며
그중 쓸만한 곳 제 맘대로 잘라내 가슴에 숨기고
엉뚱한 곳에 갖다 붙이고 저 멀리 내다 버리고
그 만행이 가관이었다 그 악행이 천벌이었다

오늘은 눈 딱 감고 무슨 일 있어도 사격 중지

제2부

개심사 종각 앞에서

무거우면 무겁다고 진즉 말씀을 하시지 그러셨어요
이제 그만 이 짐 내려달라 하시지 그러셨어요
내가 이만큼 이고 왔으니
이제부터는 너희들이 좀 나누어 지라고 하시지 그
러셨어요
쉬엄쉬엄 한숨도 쉬고 곁눈도 팔고
주절주절 신세타령도 하며 오시지 그러셨어요
등골 휘도록 사지 뒤틀리도록 겨다 나른 종소리
지금 한눈팔지 않고 저 먼 천리를 달려가고 있습
니다
뒤틀린 사지로 저리 바쁘게 달려가는 당신 앞에서
어찌 이승의 삶을 무겁다 하겠습니까
고작 반백 년 지고 온 이 육신의 짐을
어찌 이제 그만 내려달라 하겠습니까

서해 와서
—태안 기름 유출

누가 저렇게 넓은 숨구멍에
토악질을 하고 갔나
외상 긋고 가던 주정꾼 바지춤이 터져
줄줄 흘러내린 오물
잔뜩 훔쳐 넣고 줄행랑친
치기배 몸에 번진 화농
술은 딴 데서 처먹고
시꺼먼 피똥은
왜 여기 싸질러놓았지

풍장

멀리 갈 것도 없이
그는 윗도리 하나를 척 걸쳐놓듯이
원룸 베란다 옷걸이에 자신의 몸을 걸었다
딩동 집달관이 초인종을 누르고
쾅쾅 빚쟁이가 문을 두드리다 갔다
그럴 때마다 문을 열어주려고 펄럭인
그의 손가락이 풍장되었다
하루 대여섯 번 전화기가 울었고
그걸 받으려고 펄럭인
그의 발가락이 풍장되었다
숨넘어가는 해를 바라보려고
창을 조금 열어두길 잘했다
옷걸이에 걸린 그의 임종을
해가 그윽이 내려다보았고
채 감지 못한 눈을 바람이 달려와 닫아주었다
살아 있을 때 이미 세상이 그를 묻었으므로
부패는 이미 상당히 진행된 상태였다
진물이 뚝뚝 흘러내릴 즈음

초인종도 전화벨도 더 이상 울리지 않았다

바닥에 떨어지는 눈물을

바람이 와서 부지런히 닦아주고 갔다

몸 안의 물이 다 빠져나갈 즈음

풍문은 잠잠해졌고

그의 생은 미라로 기소중지되었다

마침내 아무도 그립지 않았고

그보다 훨씬 먼저

세상이 그를 잊었다는 것도 알게 되었다

식아 희야 하고 나직이 불러보아도

눈물 같은 건 흐르지 않았다

바람만 간간이 입이 싱거울 때마다

짠물이 알맞게 밴 몸을 뜯어먹으러 왔다

자린고비 같은 일 년이 갔다

빵을 꿰었던 꼬챙이만 남아

그는 건들건들 세월아 네월아

걸렁한 폼으로 옷걸이에 걸려 있었다

경매에 넘어간 그를 누군가가 구매했고

쓰레기봉투에 쑤셔 넣기 전
쓸데없는 물건으로 분류된 뼈다귀 몇 개를
발로 한번 툭 걷어찼다

적막 또는 막막

아무도 운전하지 않는 차가 줄지어 출발하고 있다
어디로 가는지 말해주지 않는 차에 사람들이 올라
타고 있다
어디에서 왔는지 말해주지 않는 차가 비상등을 깜
박이고 있다
아무도 가르쳐주지 않은 길이 주섬주섬 행장을 챙
기고 있다
통행 끊긴 지 오랜 길, 이정표 떨어져 나간 길이
낡은 정거장 길을 부지런히 지우고 있다
다음 역은 역이 아니라고 중얼대는 길을 가고 있다
다음 역은 아무도 가서는 안 되는 길이라고 적힌
번호표를 뽑아들고 있다 다음 역은 천당 같은 지옥
그다음 역은 지옥 같은 지옥이라고
커다랗게 소리치는 차에 올라타고 있다
새치기로 출입문이 닫히지 않는 차에
바퀴가 닳아 없어진 지 오래된 차에
벌겋게 묻은 핏자국이 지워지지 않은 차에
찢어진 머리통을 꽁무니에 매달고 있는 차에

사람들이 올라타고 있다
캄캄한 천길 벼랑을 탄탄대로라고 으스대며
아무도 어디라고 말해준 적 없는 길을
누가 지나가는 투로 한마디 일러주고 간 길을
기어가고 있다 뒤집어진 채 사지가 잘린 채

아프리카

몸살로 여러 날 아프다 아프니까 내가 살아 있다
아프지 않을 땐 내가 어디 있는지 몰랐다 아프지 않
을 땐 내가 죽은 것이나 다름없었다 맥박은 뛰는지
숨은 쉬는지 몰랐다 아프니까 할딱거리는 내가 들렸
다 할딱거리는 내가 만져졌다 약을 타려고 줄 선 구
부정한 뒤통수가 보였다 살려고 죽을 퍼 담고 있는
쪼그라든 부댓자루가 흔들렸다 아프니까 며칠 전 들
은 아프리카 생각이 간절했다 할례를 한 엄마 품을
통과하느라 작게 작게 만들어진 아이들이 어두운 교
실 바닥에 따개비처럼 붙어 책을 읽고 있다 폭삭 늙
어버린 아버지들이 밀림으로 가고 있다 아프니까 아
프리카를 떠나지 못하고 있는 처녀들이 더 새까매졌
다 아프니까 아프리카가 된 것인지 아프리카니까 아
픈 것인지 아프리카가 아프니까 나도 아픈 것인지 내
가 아프라고 아프리카가 한발 먼저 아팠던 것인지 모
르겠다 아프니까 아무도 말해주지 않는다 아프리카가
아프다는 이야기는 더더욱 해주지 않는다 나도 이제
아프니까 어느 날 그만 아프리카로 가봐야 하지 않을

까 아프리카처럼 새까맣게 누워 있어야 하지 않을까
눈만 번득이다가 이빨만 희게 빛내다가 아프리카를
지고 좀더 큰 병원으로 가봐야 하지 않을까

쉰

어두침침해진 쉰을 밝히려고 흰머리가 등불을 내걸었다 걸음이 굼뜬 쉰, 할 말이 막혀 쿨럭쿨럭 헛기침을 하는 쉰, 안달이 나서 빨리 가보려는 쉰을 걸고넘어지려고 여기저기 주름이 매복해 있다 너무 빨리 당도한 쉰, 너무 멀리 가버릴 쉰, 돌아오는 길을 찾지 못할까 봐 하나둘 이정표를 심었다 물에 빠져 허우적댈까 봐 고랑을 몇 개 더 냈다

그사이 거울이 게을러졌다 빈둥빈둥 거울이 몰라보게 늙었다 침침하게, 쉰이 잘 보이지 않는다고 눈을 찡그리고 있다 저를 쳐다보지 않는다고 고함을 내지르고 있다 뿌리치고 나오려고 몸부림치고 있다 눈이 자꾸 어두워져 거울을 똑바로 보지 못하고 있다 보다 못한 거울이 흰머리를 하나씩 뽑아주고 있다

만추, 잎

젖이 안 나온다고 보채던 해가
잘근잘근 젖꼭지를 씹었다
젖을 물고 흔들던 바람이
떨어질락 말락 젖꼭지를 땄다
발갛게 피멍 들어
바닥에 떨어진 젖꼭지
벌레들이 달려들어 빨고 있다
핏기 다 빠져 해골이 되어서도
수천 수만의 자식을
더 안아 키우겠다는 거다

눈꽃

이다지 얼어붙은 자리에도
몇 송이 꽃 피울 수 있다니
가타부타 언약 없이 떠난 것들
완고하게 묻고 말았던
땅의 노여움 풀릴 수 있으려나
속삭이다 안 되면 노래하고
노래하다 안 되면 꺼이꺼이 느껴 울던
뜨내기 새의 부리에도 물오를 수 있으려나
삭풍에 묻고 말았던 그날의 맹세, 노여움, 후회
네가 문득 되짚어주었네
글쎄 그 간절한 빛깔이 이 뜨거움이었다는 듯
이 서늘함이었다는 듯
나무의 체온에 기대어서도 녹을 줄 모르는
눈물 한 방울, 두 방울

다대포 갯벌

잘 늙은 사내의 얼굴이다
여한은 없으되
막잔으로 맛있는 술 한 모금 하고
술빚 다 못 갚은 동무들 이름 적어 보다
이리 비틀 저리 비틀
몇 줄 안부도 적어 보다
오늘은 모래펄 넓은 귀퉁이
저녁 해의 당부를 받아 적었다
골고루 따스하게
너희 모두를 비추지 못해 미안하다며
나 가고 없더라도
춥고 어두운 밤
서로 데우고 밝히며 살아가라고
구불렁구불렁 써놓은 글씨
모래펄 한 페이지를 다 채웠다

천둥소리

아무리 기다려도 네가 나서지 않자 천둥번개 친다
요즘 왜 그리 아무 말 않느냐고 내 정수리 겨냥해 연
거푸 욕지거리 퍼붓는다 왜 그리 놀라지도 않느냐고
움츠러들지도 않느냐고 대판 얼굴을 찡그린다 정신
좀 차리라고 혀 한번 내밀어보라고 수십 수만 바가지
물을 퍼붓는다 저 하늘 좀 보라고 눈 동그랗게 떠보
라고 세상 모든 우울이 우물에 잠긴다 그제서야 네가
조금 꿈틀한다 내가 조금 뜨끔한다 같이 부르르 몸서
리친다

문득

문득 삶이 형기에 불과할지도 모른다는 생각이 드는
거라, 누가 뚝딱 언도해준 대로 너는 일 년 너는 십 년
너는 백 년, 다행히 집행유예나 형 집행정지로 풀려나
기도 했을 거라, 부모 잘 만나 태어나기도 전에 형량
전부 면제받기도 했을 거라, 전생에 쌓은 덕이 있어
반의반으로 감면되기도 했을 거라, 새파란 나이에 감
옥 문을 나서며 콧노래를 불렀을 거라, 남은 사람들
은 너만 먼저 도망가냐고 대성통곡을 했을 거라, 죽
기 아니면 살기로 탈옥을 기도했을 거라, 단번에, 수
없는 자살 미수에 그치기도 했을 거라, 요즘 장기수
감자가 너무 많아, 감옥이 너무 좁아, 어서 나가고 싶
다고 노래를 부르면서도 내쫓길까 노심초사하고 있는
거라, 나가서 자리 잡는 대로 연락하겠다던 너에게서
는 아직 아무 연락이 없는 거라, 그만큼 저 너머 세상
이 재미있나 봐, 문득 삶이 형기에 불과할지도 모른
다는 생각이 드는 거라, 그리운 애인을 기다리듯 네
가 달아난 쪽을 바라보기도 하는 거라

풀들

저만치 농부가 오는 것을 보고 손을 흔들던 풀들이
제 몸을 눕혀 융단을 만들던 풀들이
시원한 물대포를 맞고 있다
목마른 숨구멍을 열어놓고
저 아래 숨겨둔 바가지 같은 것을 들고 나와
재잘재잘 줄을 선 풀들이
한 모금이라도 더 받으려고
활짝 입을 열어놓고 있다
아래로 아래로 물동이를 길어 나르던 풀들이
오늘따라 물맛이 좀 이상하다고 여긴 풀들이
이건 물이 아닌 것 같다고 수근대던 풀들이
부실부실 픽픽 쓰러지다 말고
제 몸을 엎드려 뿌리로 가는 길을 가로막았다
물동이를 이고 줄 서서 가던 풀들이
무슨 말인가를 하려다 숨이 끊긴 풀들이
하나둘 고꾸라져 주검이 된 풀들이
차곡차곡 엎어져 뿌리로 가는 길을 틀어막았다

그렇게 코를 박고 죽은 풀들 때문에
뿌리는 아무 일도 없었다는 듯
아무 일도 아니라는 듯
저렇게 다시 또 고개를 내밀었다

2020

꽃이 지자 그 자리에 핀 꽃
진자리 상처 틀어막으려고 영원히 핀 꽃
흐르는 피 꽃물 안 보이게 하려고
미리 다 향기를 닦아버린 꽃
더 이상 향기를 빨아들이지 않는 꽃
붉게 번지는 피고름이 만져지지 않는 꽃
바람 불어도 흔들리지 않는 꽃
바람 불지 않아도 함성을 지르지 않는 꽃
언제나 짓밟을 수 있는 꽃
피도 땀도 눈물도 흐르지 않는 꽃
내 마음을 앗아갈 수 없는 꽃
천년만년 아무도 꺾지 않을 꽃
모두 외면하고 지나갈 꽃
아무도 기억해주지 않을 꽃
품에 안을 수도 안길 수도 없는 꽃
뛰어내릴 수도 받아낼 수도 없는 꽃
어느 날 폭삭 주저앉을 꽃
피도 땀도 눈물도 흐르지 않을 꽃

아무도 추모하러 오지 않는 꽃
시든 몸 보이지 않으려고
지금 그 자리에 선 추모비 같은 꽃

벤치

아버지가 앉았던 자리에 다른 아버지들이 앉아 있
다 다른 아버지들에게 앉을 자리 내준 아버지가 구천
을 떠돌고 있다 아버지를 밀어내고 보리수 그늘 아래
앉으신 다른 아버지들이 턱수염을 어루만지며 껄껄
웃고 있다 아버지는 그때 궁지에 몰린 대마 앞에 일
찌감치 돌을 던졌다 빠져나갈 구멍이 묘연해진 다른
아버지들이 뚫어져라 바둑판을 쳐다보고 있다 뚫어진
바둑판이 땅 밑으로 가라앉고 있다 구천을 떠돌던 아
버지가 용케 바둑판을 부여잡고 있다 턱수염을 어루
만지며 회심의 한 수를 둔 다른 아버지들이 삐걱 웃
고 있다 저녁 드시러 가자고 찾아온 젊은 아버지들이
늙은 아버지들 사이로 머리를 쑤셔 박고 있다 골똘히
빠져나갈 구멍을 살피던 젊은 아버지들이 어느새 희
끗해진 손발로 삐걱삐걱 바둑판을 노 저어 가고 있다

지구 수족관

곧 가라앉을 것이다 숨 쉴 구멍이 없어질 것이다
잡아먹힐 것이다 곧 흐느적거릴 것이다 쨍그랑 난도
질당해 갈가리 피가 시뻘걸 것이다 바다도 강도 다
말라빠져 죽어라 어디론가 내빼고 있을 것이다 배가
고파 뒹굴 것이다 배가 아파 날뛸 것이다 쨍그랑 눈
이 뒤집힐 것이다 곧 찌꺼기로 가득 찰 것이다 식은
땀을 자꾸 흘릴 것이다 쉴 새 없이 입을 빠끔거릴 것
이다 곧 가라앉을 것이다 곧 천지가 뒤집힐 것이다
하늘에 거꾸로 처박혀 있을 것이다 땅이 지천으로 날
아다닐 것이다 곧 깜깜해질 것이다 원귀가 된 이름들
을 불러보다가 쨍그랑 다 부르지 못하고 목이 터질
것이다 곧 조용해질 것이다 곧 아무 기척이 없을 것
이다 쨍그랑 숨죽인 평화가 이어질 것이다

오체투지

공습경보가 울렸는데도 커튼을 내리지 않는다 소집
명령이 떨어졌는데도 응답하지 않는다 실제 상황이라
고 고함쳐도 씽씽 제트기 날아도 사방은 암전되지 않
는다 칭얼칭얼 사이렌이 울어도 귀를 틀어막지 않는
다 어디선가 난사하는 따발총 소리 들려도 움츠러들
지 않는다 머리 위로 전투기 날고 폭탄 떨어지는 소
리에도 몸이 부르르 떨리지 않는다 식탁에 앉아 열두
시 반에서 한 시 사이 그는 계속 밥을 먹고 있다 터진
목구멍을 막아보려는 듯 밥을 쑤셔 넣고 있다 그는
터지려는 볼을 힘겹게 붙들고 수십만 명의 시체가 줄
을 선 사진을 보고 있다 사실 이것이 훈련 같은 실제
상황이라 해도 실제 같은 지옥 상황이라 해도 그의
오체투지는 흔들릴 것 같지 않다 때가 되면 꾸역꾸역
넣어두어야 하는 밥이 쉬지 않고 그를 공격할 것이었
다 밥이 빠져나갈 구멍을 밥으로 틀어막아야 할 것이
었다 어서 보따리를 싸 야반도주 하자던 그에게서는
아직 아무 전갈이 오지 않았다 그는 너무도 침착하게
뚜벅뚜벅 개수대로 걸어가 빈 그릇을 씻고 있다 여차

하면 타고 달아날 이천십년식 승용차가 창문 밖에서
불타고 있다

참배

갑갑하지는 않으시냐고
우리가 절하러 가는 줄 알았는데
실눈 뜨고 보니 오십 년 칠십 년
구십 년 감옥에서 놓여난
망자들이 우리에게 절하고 있다
얼마나 수고가 많으시냐고
밥은 먹고 사냐고
쇠창살 안에 갇힌 우리를 면회하고 있다
그때 공들여 쌓은 봉분은
이제 보니 우리를 가로막은 허방
조그만 구름다리 이 길을 오는데
질퍽대는 걸음으로 수십 년이 걸렸지만
망자들은 몇 겹의 시간을 단숨에 왔다
이제 그만 넓디넓은 여기로 건너오라고
망자들이 구름을 보내주었지만
태산 같은 햇살이 그것을 쪼개
불쏘시개로 썼다
구름을 몰고 갈 바람도 보내주었지만

삼삼오오 둘러선 햇살 방패를 뚫지 못했다
망자들이 혀를 차며 몇 번 더 손짓을 했지만
눈치 없는 우리는 자꾸 절만 했다
평안하시냐고 갑갑하지는 않으시냐고
우리가 울고 있는 줄 알았는데
망자들이 우리를 보며 울고 있다

풍문

낯선 저수지 앞에서 문득 걸음을 멈추었다
지난해 물에 빠져 죽었다는 그녀
어릴 적 고모네 가며 함께 걸었던 누이
그러고 두세 번 보았을까
시집가 아이 둘 낳았다는 풍문
신랑과 별거해 호프집 한다는 풍문
어느 날 가게 문 닫고 나가 감감무소식이라는 풍문
그리고 며칠 뒤
단골 총각과 함께 저수지 위로 떠올랐다는 풍문을
신문 귀퉁이에서 읽었다
고모는 우세스럽다며 입을 다물었지만
풍문에 쫓겨 수몰되었을 누이의 로맨스를
나는 알 것도 같다
풍문이 밝히지 못한 단말마의 흐느낌을
누구든 생의 끝 진실은 풍문이 되고 말 것이지만
누이의 늦은 사랑은 아무래도 풍문이 아닐 것 같다
그게 옳다면 바보처럼 죽지만 말고
뭐라고 말 좀 해보라며

목이 멘 저수지 수면이 자꾸만 자꾸만
가슴을 쥐어뜯는다
나는 너무 늦게 이 저수지에 왔고
누이는 너무 늦게 사랑을 알았을 뿐

늙음

늘 그럼 하고 고개를 끄덕이는 것
늘 그럼그럼 어깨를 토닥여주는 것
늘 그렁 눈에 밟히는 것
늘 그렁그렁 눈가에 맺힌 이슬 같은 것
늘 그걸 넘지 않으려 조심하는 것
늘 그걸 넘지 않아도 마음이 흡족한 것
늘 거기 지워진 금을 다시 그려 넣는 것
늘 거기 가버린 것들 손꼽아 기다리는 것
늘 그만큼 가득한 것
늘 그만큼 궁금하여 멀리 내다보는 것
늘 그럼그럼
늘 그렁그렁

박명(薄明)

하고 싶은 말보다 하지 않아야 할 말이 더 많아진
날이 있다
그러기 전에 모든 걸 때려치워야 한다고
술보다 밥보다 쟁여놓은 양식이 더 많아진 날이
있다
써놓은 글보다 잡고 있는 펜대가 더 길어진 날이
있다
그러기 전에 모든 걸 때려치워야 한다고
사랑했던 사람보다 미워했던 사람이 더 많이 떠오
르는 밤이 있다
우두커니 다짐만 두고 단잠을 자버린 밤이 있다
떨어진 꽃가지 주워 붙이듯 죽은 나무에 물 주듯
무너진 무덤에 말 걸듯 어두운 담벼락 끌어안듯
아아 또 한 줄의 언약을 남몰래 가슴에 새긴 밤이
있다

흰머리 단풍

저 나뭇잎이 나무의 머리카락 맞다
서서히 번져오는 붉은색이
나무의 본래 색깔 맞다
어린 티 내느라, 봄여름 놀러 오는
아가들 눈높이에 맞추느라
지금껏 푸른 척했던 것 맞다

저 머리카락 한 사람의 됨됨이 맞다
이것저것 숨기고 감추느라
검게검게 덧칠하고 있었던 것 맞다
희끗해진 머리카락
비로소 돌아온 한 사람의
백지장 같은 마음 맞다

훌훌 다 벗고
안이 환히 들여다보이는
가을의 머리카락

덜렁덜렁
풀 죽은 자지 같은
흰머리 단풍들아

이제 만사가 그윽해졌지?

화장(火葬)

자 보세요
출발하신 게 분명하죠

자꾸 울고 있는 가족들에게
공항 직원으로 보이는 남자는
아버지가 벗어놓고 간
뼛조각들을 보여주었다

몇십 분

약 먹고 난 몇십 분
천둥 번개 휘몰아치던 어깨 통증이 고요하다
며칠 전은 옆구리 통증
그때나 지금이나
약은 제가 가야 할 길을 정확히 알고 달려가
짓궂은 것들을 몰아낸다
좁은 여기 말고 더 넓은 데로 가자고
약은 통증을 떠밀고 통증은 약에 맞서
손잡고 껴안고 뒹굴며 마른 목을 적신다
몇십 분
탈진해 나자빠진 통증을 짊어지고
터벅터벅 약이 걸어 나가고 있다

쑥국
—아내에게

참 염치없는 소망이지만
다음 생에 딱 한 번만이라도 그대 다시 만나
온갖 감언이설로
내가 그대의 아내였으면 합니다
그대 입맛에 맞게 간을 하고
그대 기쁘도록 분을 바르고
그대 자꾸 술 마시고 엇나갈 때마다
쌍심지 켜고 바가지도 긁었음 합니다
그래서 그래서 지금의 그대처럼
사랑한다는 말도 한번 못 듣고
고맙다는 말도 한번 못 듣고
아이 둘 온 기력을 뺏어 달아난
쭈글쭈글한 배를 안고
골목 저편 오는 식솔들 기다리며
더운 쑥국을 끓였으면 합니다
끓는 물 넘쳐 흘러
내가 그대의 쓰린 속 어루만지는
쑥국이었으면 합니다

제3부

물에게 유혹을

고단하면 집으로 돌아오너라
배고프면 집으로 돌아오너라
잘 마른 이부자리에 네 몸을 누이도록 해라
삼백 삼천 공들여 쨍쨍 말린 것들이 달려들어
너의 축축한 물기를 주물러줄 것이니
너 주려고 사흘 밤낮 아무것도 먹지 않았다
덕분에 놓인 깡마른 길이
한꺼번에 박수 치며 너를 반길 것이니
어서 오너라
네가 돌아온다는 소식을 알면
이웃 나라에 갔던
햇살까지 한달음에 달려올 것이니
이리 오너라
너의 이부자리를 바싹 말려놓았다
집으로 돌아와 널 위해 오래 마른 것들을
꼭꼭 씹어 먹도록 해라
몸 줄 곳 없으면 오너라
마음 줄 곳 없으면
깡마른 이리로 오너라

씨앗들

나 오랫동안 매복하고 있었네
무수한 발길이 짓밟고 갔으나
바람의 휘파람 소리 들렸으나
나 그럴수록 몸을 움츠리고 있었네
나를 불러낼 단 하나
당신 발자국 뚜벅뚜벅
간절한 부름이 오기까지
문을 꼭 걸어 잠그고 있었네
한 사내가 와서 눈화살 날리고
씽긋 추파 던지고
또 한 사내 다급한 고백으로 엎드려 경배하였으나
혹은 서늘하고 혹은 뜨거워
나의 사랑은 아니었네
쉴 새 없이 쏘아 보낸 빛 화살 발치에 수북하였으니
내 몸은 더 붉고 단단해졌네
마침내 저쪽에서 한 사랑이 올 것이나
나를 달구고 꽃 피운 건 무수히 집적댄 추파
말 한번 붙이지 못하고 돌아간

숱한 바람들의 추문이었네
내 귀와 코는 찢어질 듯 벌어졌으니
바람이 열어놓고 간 문틈으로 살짝 밖을 내다보았네
당신은 차마 내려올 수 없는 먼 곳에 있고
내가 성큼성큼 걸어 올라야겠네
흙들의 안부를 어깨에 메고
기어오르며 뜀뛰기 해보며
어서 먼 창공을 향해 나아갈 것이네

찔러본다

햇살 꽂힌다
잠든 척 엎드린 강아지 머리에
퍼붓는 화살
깼나 안 깼나
쿡쿡 찔러본다

비 온다
저기 산비탈
잔돌 무성한 다랑이논
죽었나 살았나
쿡쿡 찔러본다

바람 분다
이제 다 영글었다고
앞다퉈 꼭지에 매달린 것들
익었나 안 익었나
쿡쿡 찔러본다

개똥

어려서 죽은 광덕이 같고 국경을 넘다 죽은 삼돌이
같고 툭 하면 제 설움에 겨워 마구 때려 부수던 판수
같고 언젠가 죽고 언젠가 또 태어나 코 찔찔 흘리며
배고파 울던 나 같아서
자꾸 꼬리 흔드는 너에게 먼저 밥 주는 것인데

너 또 똥 쌌다
언젠가 내가 몸져누운 어미였을 때 네가 내 똥 치
워준 적 있었지 돈 떼먹은 술꾼이었을 때 너는 마음
아팠던 주모, 언젠가 다리 밑에 끌고 가 네가 날 삶아
먹은 적 있었지
자꾸 꼬리 흔드는 너는, 그때 네가 그랬던 것처럼
나도 빨리 널 삶아 먹어달라는 애처로운 당부

오늘 또 내 앞에 나타나 얼쩡거리지만
만약 그럴 일 있으면 그때는 아프지 않게 삶아서
살살 조금만 뜯어먹을게

미인계

삼백 년은 되어 보이는 이웃 밭 소나무
탐난다 우리 밭에 놀러 오라고 나하고 살자고
꼬드겨도 묵묵부답
살살 어루만지고 끌어안아도 팔 하나 잡아당겨도
끄떡없다 아침저녁 쓰다듬고
이쁜 놈 이쁜 놈 노래 불러도
뾰족한 침 거두지 않는다
눈웃음 살살 치며 막걸리 한 사발 권했더니
단숨에 비우고는 입 싹 닦았다
안 되겠다 우리 밭 끄트머리
참한 자태의 아낙 소나무 한 그루
심었다 이러고도 흔들리지 않으면
넌 사내도 아니라고 연지곤지 찍었다
아침저녁 잊지 않고 그렁그렁
눈물 한 바가지 맺히도록 외진 언덕배기
소나무 그림자 닿을락 말락한 거기
품에 쏙 들어오는 아낙 하나 심었다

고구마

뜨뜻한 불이 들어가자
환하게 웃는다
얼었던 산흙들이
아랫목 발 집어넣으며
궁글린 단맛

질렸던 속이 발그레 녹는다
꽁꽁 사린 몸 타박해져
하나씩 껍질 벗으면
물컹,
내 들어갈 자리 파인다

겨울 난장
소주 낱잔 드시고
확확 훈김 나던
할아버지 얼굴
노랗게 맨살 탄다

기도

미사 시간에 한 아이가
미사 볼 때 제발 졸리지 않게 해달라고 기도하고
있다
나 조는 사이
하느님이 다녀가시지 않게 해달라고 기도하고 있다
무엇을 빌까 한참을 망설이다가
나는 그저께 집 나간 반달이가
부디 좋은 주인 만나 잘 살게 해달라고 빌었다
구박받다 울며 돌아왔을 때
집 비우는 일 없게 해달라고 빌었다
저 아이에 비하면 너무 큰 욕심인 것 같아
제발 무서운 짐승에게 잡아먹히지 않게 해달라고
빌었다
잡아먹히더라도 개소주 같은 건 안 되게 해달라고
빌었다

고추

수영장 탈의실에 줄 서서 삐악삐악 옷 벗는 아이
들, 선생님이 시켜준 대로 벗은 옷 차곡차곡 바구니
에 담는 아이들, 작은 고추 다 드러낸 아이들, 살색
그대로인 고추, 얼굴색 엉덩이색 그대로인 고추, 나
를 빤히 올려다보는 고추, 재잘대는 말소리도 살색,
쿨럭쿨럭 기침 소리도 살색, 벌써부터 살색이 다 날아
가고 없는 내 고추, 무슨 일인지 시커멓게 탄 내 고추

팔월 즈음

여자를 겁탈하려다 여의치 않아 우물에 집어던져버렸다고 했다 글쎄 그놈의 아이가 징징 울면서 우물 몇 바퀴를 돌더라고 했다 의자 하나를 들고 나와 우물 앞에 턱 갖다놓더라고 했다 말릴 겨를도 없이 엄마, 하고 외치며 엄마 품속으로 풍덩 뛰어들더라고 했다 눈 딱 감고 수류탄 한 발을 까 넣었다고 했다

담담하게 점령군의 한때를 회고하는 백발의 일본 늙은이를 안주 삼아 나는 소주 한 병을 다 깠다 캄캄하고 아득한 소주병 속으로 제 몸에 불을 붙인 팔월이 투신하고 있다 자욱한 잿더미의 빈 소주병 들여다보며 나는 엄마, 하고 불러보았다 온몸에 불이 붙은 아이들이 엄마, 엄마, 울먹이며 내 몸 구석구석을 헤집고 있다

고독

뽑아도 뽑아도 줄기차게 줄 서서 대가리 내미는
잡초, 가미가제 특공대 같은 놈들
팔레스타인 자살테러 같은 놈들

몇 걸음 가다 돌아보면
뽑은 자리 헤치고 또 꿈틀 일어서 있다

이 막막한 밭고랑 나만 혼자다

나만 혼자다 중얼대며
아무도 없는 들판 오줌 누고 있는데
앞뒤좌우위아래, 일제히 깔깔대며 손짓하는 풀들

이 광활한 우주 나만 혼자다

비자금 만 원

오래전 선물 받은 명품 지갑
한 번도 사람들 앞에 자랑스럽게 내보이지 못하고
의기양양 계산대로 나아가보지도 못하고
책상서랍에서 죽을 쑤고 있는 것인데
빈 지갑째로 두면 오던 복도 달아난다기에 넣어둔
만 원 한 장
나는 그것을 내 생의 비자금이라고 위로하는 것인데
머리 다쳐 수술 받을 때 아내 야간 응급실 갔을 때
아이들 등록금 모자랄 때 아버지 돌아가셨을 때
한 번도 버젓이 꺼내 써보지 못했으나
나는 그것을 아무도 모르는
나만의 든든한 비자금이라 생각하는 것인데
기껏해야 밀린 신문 값 낼 때 담배 살 때
느닷없이 찾아온 동무에게 막걸리 한 잔 대접해 보
낼 때
출출하고 머쓱한 날 라면이라도 끓여 먹어야 할 때
슬그머니 꺼냈다가 다시 채워두는 것인데
큰일은 막지 못해도 생의 다급한 순간 수도 없이

막아준
    그 비상금 만 원에 나는 감사하는 것인데
    어느 재벌이 꼬불쳐 둔 수조 원이 부럽지 않은
    나는 그것을 아무에게도 들키고 싶지 않은
    생의 든든한 신주 단지로 생각하는 것인데
    꺼내고 또 채워 넣을 때마다 누구 보는 이 없는지
    한 번 더 주위를 둘러보고 또 둘러보는 것인데

꿈

하루 종일 뽑았던 풀들이
야호, 소리 지르며
일제히 제자리로 달려가고 있다
꿈에서 깨어나 땀 닦으며
창밖을 본다
여름 장맛비
마지못해 보신탕 먹고 온 날
오래전 집 나간 강아지가
내 바깥으로 나오려고
마구 뱃가죽 물어뜯고 있다
빗방울이 드세다
전열을 정비한
풀들의 함성이 우렁우렁
동네 개들이 컹컹

어느 홍등

고속도로 달리다 엔진에서 풀풀 연기 피어올라 급
히 걸음 멈추었네 신나게 달리다 덜컥 멈추어 선 게
머쓱해 이리저리 한눈팔다 도로변 일렬로 핀 개망초
꽃 보았네 이놈들이었구나 이놈들이 신나게 가는 내
바짓가랑이 붙들고 넘어졌구나 이팔청춘 가고 삼팔따
라지도 가는데 아무도 놀러와주지 않아 비비 배알이
꼬였구나 나는 늦게 온 게 미안해 자꾸 딴전 피우는
데 너는 치마 살살 들어 올리며 눈웃음이구나 때 놓
친 쭈글쭈글한 젖가슴 내보이며 한판 주안상이구나
영업시간 끝났다고 저기 찬바람 몰고 단속반원 달려
오는데 교태를 멈추지 않는 홍등 몇 그루

용서

쉴 새 없이 올라오는 풀 뽑다가
풀들에게 한 수 배운다
제 올라오는 족족 대가리 분지르고
뿌리까지 뽑는 나에게 품었을
시퍼런 원한 같은 거
까맣게 잊고
모른 체 아무렇지도 않게
또 얼굴 내밀었으니
작년에 핀 것 잊고
엊그제 핀 것 잊고
호미 들고 기다리는 내 앞에
오늘 또 꽃까지 피워 올려
빙그레 웃고만 있으니

문

그들의 집은 스물네 시간 열려 있다
방 하나 부엌 하나
드르륵 미닫이문을 열고 나간
둘째 딸을 기다리는 중이다
한 방에 다섯 식구
한 사람이 빠졌지만
넓어지기는커녕
근심이 빽빽하다

그런데도 나는
집으로 돌아와 잠들기 전
몇 번이나 문을 잠그고
또 잠갔다

수영성 와목(臥木)

내 머리맡 어디쯤 쓰러져 크고 있는 사철나무를
와목이라 이름 붙였다
기울어진 나무는
자기를 슬며시 쓰다듬고 가는 여인에게로 기울다가
행장 챙겨 무작정 따라나서기도 하다가
저렇게 호된 회초리를 맞고 쓰러졌을 것
위로만 바라보아야 할 본분을 잊고
옆으로 옆으로 한눈 판 죄를 벌하려고
하늘이 나무의 다리몽둥이를 꺾어놓았을 것

그러나 그때
나무를 쓰다듬고 간 그 여인은
먼 여정에 눈앞이 아득해져
잠시 손 짚어
찰나를 쉬었다 갔을 뿐

봄, 화답

먼 길 달려온 민들레 홀씨의 등에
그렁그렁 맺힌 밤이슬

꽁꽁 언 손발 녹이러 오는 아이 앞에
옳지옳지 저 산들바람

긴 잠 깨고 하품하는 흙 알갱이 젖히며
훌쩍훌쩍 뛰는 개구리

겨우내 생풀 한번 못 뜯은 토끼 앞에
그래그래 돋는 토끼풀

서늘한 대지의 윗목 아랫목
영차영차 땔감 실어온 햇살

앞산 뒷산 능선 넘어 당도한
왁자지껄 따스한 숨

상처의 힘
─정일근에게

그때 우리 오백 살 된 푸조나무 곁을 지나
오백 살 된 곰솔까지 걸었던 적 있었지
높이 청청 하늘 향해 우뚝하던
할아버지 곰솔은 그대 걸로 하고
넓은 치마폭 펼쳐 놓은 듯 낮게 선
할머니 푸조나무는 내 걸로 하자고 웃었지
곰솔과 푸조나무 들으면 쯧쯧 혀를 찰 일이지만
그 나무의 잎 하나라도 되자고 했었지

그중 곰솔 할아버지 요즘 무척 아프시다네
피목가지마른병 잦은 기침으로 야위셨는데
그게 그냥 아프신 게 아니라
너무 무성해진 가지를 잘라버리려고
스스로 병들어 그러신다는 것이야
젖꼭지에 붙어 떨어질 줄 모르는 못된 자식들을 밀
어내듯
가지들을 멀리멀리 등 떠밀어 내보내고 있다는 것
이야

하늘 가까이 나아가려면
찰거머리처럼 달라붙어 떨어질 줄 모르는
애욕의 봇짐들을 다 내려놓아야 한다며 그러신다는
것이야

상처를 품고 상처를 내려놓는 일
곰솔 할아버지 지금 그 힘으로
한 발짝씩 하늘 가까이 나아가고 있는 중일세

송정역 무궁화

꽃 피는 거
꽃술 열리는 거 보인다
책가방 들고 봇짐 지고
꽃가루 달려온다
꽃가루 달려와서
꽃향기 몰고 간다
바다로 가는 아이들
바다에서 오는 아이들
출렁 물결이 인다
꽃 핀다 또 꽃 핀다
저쯤에서 달려오는 이
한참 서서 기다린다
언제 또 보냐며 울먹이는
눈시울 닦아준다
이제 그만 출발이라고 등 떠밀어도
한 번 더 돌아보고 간다
그때 먼저 가 미안하다고
마주 손 흔들지 않아 미안하다고

꾸벅꾸벅 절하며 간다
가는 길 뒤춤으로
바다 가득 반짝이는
꽃씨 뿌리며 간다

막걸리

쌀뜨물 같은 이것
목마른 속을 뻥 뚫어놓고 가는 이것
한두 잔에도 배가 든든한 이것
가슴이 더워져오는 이것
신 김치 한 조각 노가리 한 쪽
손가락만 빨아도 탓하지 않는 이것
허옇다가 폭포처럼 콸콸 쏟아지다가
벌컥벌컥 샘물처럼 밀려들어오는 이것
한 잔은 얼음 같고 석 잔은 불 같고
다섯 잔 일곱 잔은 강 같고
열두어 잔은 바다 같아
둥실 떠내려가며 기분만 좋은 이것
어머니 가슴팍에 파묻혀 빨던
첫 젖맛 같은 이것
시원하고 텁텁하고 왁자한 이것
어둑한 밤의 노래가 아니라
환한 햇볕 아래 흥이 오르는 이것
반은 양식이고 반은 술이고

반은 회상이고 반은 용기백배이다가
날 저물어 흥얼흥얼 흙으로 스며드는
순하디 순한 이것

하수종말처리장

쏜살같이 내빼는 아이들 뒷덜미 잡아
주저앉히는 게 일이다
천방지축 날뛰느라 묻혀온 먼지 털어
코 풀고 손발 씻겨
책가방 메고 학교 보내는 게 일이다
대처 바다 친구들 앞에
반듯하고 말끔하게
국어 책 읽고 산수 문제
받아 적는 게 일이다
꿇어앉혀 당부하는 그사이
흙탕물 튀는 아이의 엉덩이가 들썩거리고
여차하면 내빼는 것들의 뒷덜미를
야멸치게 낚아채는 게 일이다
한 번 더
오지게 코를 훔쳐주는 게 일이다

일출

오래된 종기가 터졌다
잘 익어 물컹해진
바알간 알

아픈 옹알이가 멈추었다
밤새 엎어지며 넘어온
후끈한 몸

하나도 아프지 않다
철야 작업으로 캔 금덩어리

옛다
너희들 가져라

해동네 달동네

일 나가는 그의 등이 구부정하다
잘 보면 늦잠 자려고 칭얼대는 해가
그의 등에 업혀 있다
산마루 돌며 허리 펴고
해의 등 토닥여
저 건너 아랫마을로 날려 보냈다

집으로 돌아오는 그의 등이 구부정하다
온종일 짐 부렸는데도
등에는 찰거머리 같은 것들이
그대로 달라붙어 있다
일찍 나온 달이 그의 등을 밀며
산마루를 오르고 있다

봄봄

후득, 흙 제치고 솟구치라는 신호
후두득, 기지개 펴고 달려 나가라는 신호
훌쩍훌쩍 멀리 날아가라는 신호

산 너머 아지랑이 피어오르는 것을 봄
버들강아지 살랑대는 손짓에 아이 가슴 콩닥콩닥
뛰는 걸 봄
구들장 지고 누웠던 어르신 얼굴 발그레 화색 도는
걸 봄
저 너른 산천이 일제히 당도한 오르가슴
질죽한 수액 흐르는 걸 봄
개구리 폴짝 뛰어오르는 걸 봄
붙잡을 새 없이 아장아장 스쳐가는 따슨 기운을 봄
눈도장 찍어두려고
보고 보고 보고
또 봄

자연의 천진성과 원초적 생의 리듬

이 숭 원

1986년에 등단하고 1987년에 첫 시집을 내었으니 최영철의 시력이 이십 년을 훌쩍 넘겼다. 그의 시 세계는 시집을 낼 때마다 조금씩 변해왔다. 돌이켜보건대 변화의 폭이 가장 큰 시집은 다섯번째 시집인 『일광욕하는 가구』(문학과지성사, 2000)일 것이다. 소외된 존재에 대한 관심을 축으로 변주를 보이던 그의 시는 이 시집에서 자연과 사랑이라는 주제를 적극적으로 수용하면서 시정신의 고양과 작법의 갱신을 이룩한다. 그로부터 10년 후에 선보이는 이번 시집에서 그는 또 한차례 커다란 변화를 보인다. 그 변화의 기틀을 포괄적으로 요약하면 '자연과 인간의 비차별적 소통'이라고 할 수 있다.

최영철의 시에서 자연과 인간은 화해롭게 넘나든다. 「씨앗」들에서는 자연물이 화자가 되어 자신의 생각을 토로하는가 하면, 「4월 꽃비」에서는 자연물이 시인에게 말을 걸고 면상을 후려치기도 한다. 많은 시편들에서 자연현상을 표현하되 그것을 인간의 형상으로 바꾸어 묘사하고 인간의 사연을 서술하다가 그것을 다시 자연의 정경으로 환치한다. 그의 상상력이 작동하는 운동 마당에서 자연과 인간은 어깨동무를 하고 있다. 다음과 같은 작품이 자연을 인간의 형상으로 바꾸어 묘사하는 전형적인 예다.

잘 늙은 사내의 얼굴이다
여한은 없으되
막잔으로 맛있는 술 한 모금 하고
술빚 다 못 갚은 동무들 이름 적어 보다
이리 비틀 저리 비틀
몇 줄 안부도 적어 보다
오늘은 모래펄 넓은 귀퉁이
저녁 해의 당부를 받아 적었다
골고루 따스하게
너희 모두를 비추지 못해 미안하다며
나 가고 없더라도
춥고 어두운 밤
서로 데우고 밝히며 살아가라고
구불렁구불렁 써놓은 글씨
모래펄 한 페이지를 다 채웠다   ——「다대포 갯벌」 전문

'다대포 갯벌'이라는 제목을 고려하지 않고 이 시를 그냥 읽으면, 노동으로 살아온 늙은 사내가 술에 취하여 세상의 동무들에게 미리 유서를 남겨놓는 모습을 묘사한 작품으로 받아들이게 된다. 제목과 관련지어 읽을 때 비로소 다대포 갯벌의 모습을 비유적으로 표현한 것임을 알 수 있다. 바로 이것이 남들이 따르지 못하는 최영철 시의 독특한 작법이다. 인간의 행적으로 읽어도 이해에 모자람이 없고, 갯벌의 비유로 읽어도 의미의 얽힘이 없으며, 그 둘의 접합으로 읽으면 더욱 아기자기한 복합적 쾌미를 맛볼 수 있다. 그러면서도 세상사에 관심이 많은 시인의 주제 의식을 반영하여, 저녁 해의 당부라는 명목으로, 골고루 따스하게 서로를 비추어주며 춥고 어둡더라도 서로 데우고 밝히며 살아가라는 전언을 다대포 모래펄에 펼쳐진 노을의 이미지로 제시하였다.

자연과 인간이 호응하는 시에서는 인간사와 관련된 주제가 겉으로 드러나지만, 자연 자체를 노래하는 경우에는 생명의 천진한 자태를 통해 자연의 섭리를 간접적으로 드러내는 방법을 취한다. 「잎들」이나 「봄, 화답」 「봄봄」 같은 시를 보면 자연을 정령화하여 표현하는 독특한 상상력이 시의 중심을 이루고 있다. 「잎들」에서 비상의 꿈을 지닌 잎이 새처럼 팔랑이는 날개를 키우고 바람처럼 가벼워져서 짧은 활공에 성공한다. 하늘을 날다 바닥에 가라앉아

지친 듯 단잠에 빠져 있는 잎들의 모습을 "소록소록 깨알처럼 작아져 처음으로 돌아가는 아이들의 행진"이라고 묘사한 부분, 그리고 그것을 지켜보는 대자연의 거룩한 원경을 "다시 하늘은 높고 깊은 눈"으로 압축한 시행은 자연이 지닌 순환의 섭리를 객관적 형상으로 새롭게 표현했다. 다음의 시 역시 인간을 개입시키지 않고 자연을 정령화하여 표현한 대표적인 예다.

햇살 꽂힌다
잠든 척 엎드린 강아지 머리에
퍼붓는 화살
깼나 안 깼나
쿡쿡 찔러본다

비 온다
저기 산비탈
잔돌 무성한 다랑이논
죽었나 살았나
쿡쿡 찔러본다

바람 분다
이제 다 영글었다고
앞다퉈 꼭지에 매달린 것들

익었나 안 익었나

쿡쿡 찔러본다   ──「찔러본다」 전문

　자연의 핵심을 바라보기 위해서는 인간의 미혹한 사념
을 가능한 한 떨쳐내고 자연처럼 천진한 시야를 확보해야
한다. 햇살 비치고 비 오고 바람 부는 평범한 자연현상도
자연물끼리 관계를 맺는 다감한 양상에 초점을 맞추어 새
롭고 깊게 관찰해야 한다. 자연의 섭리에 가까이 다가갈
만큼 천진한 마음의 자리가 마련될 때 위와 같은 새로운
생명 인식이 탄생한다. 잠든 척 엎드려 있는 강아지 머리
에 비치는 따가운 햇살은 강아지가 깼나 안 깼나 확인해보
기 위해 쿡쿡 찔러보는 동작이고 산비탈에 잔돌 무성한 다
랑이논에 내리는 비는 그 다랑이논이 죽었나 살았나 알아
보기 위해 찔러보는 것이며 영근 열매꼭지에 부는 바람은
열매가 익었나 안 익었나 찔러보는 것이라는 생각이다.

　이 생각의 연쇄가 일견 단순한 것 같지만 여기에는 우주
의 비밀, 자연의 신묘한 섭리에 대한 관심이 담겨 있다.
강아지 머리에 떨어지는 햇살은 강아지를 편안히 잠들게도
하지만 잠든 강아지를 일으켜 새로운 역동과 성장의 세계
로 나아가게 하는 작용도 한다. 산비탈 다랑이논에 내리는
비는 잔돌 사이를 뚫고 스며들어 척박한 다랑이에 다시 생
명이 움트게 한다. 열매를 스치는 바람 역시 성숙의 상태
를 점검하고 단맛을 열매에 불어넣는 최종적 확인 작업을

한다. 이렇게 쿡쿡 찔러보는 자연의 동작이 있기에 동물은 생기를 얻고 작은 논밭에도 새 움이 돋고 열매는 충만한 성숙의 결실을 거두는 것이다. 우주의 자연 만물은 이렇게 서로 쿡쿡 찔러보는 상호작용의 관계 속에 존재한다.

이러한 자연의 융합상은 인간에게 위안을 주기도 하고 교훈을 주기도 한다. 「용서」라는 시는 풀에게서 용서와 관용을 배우는 반성적 자아를 설정했다. 『논어』에서 자공이 공자에게 묻기를 평생 실천할 만한 덕행을 한마디로 말하면 무엇이 있겠느냐고 하자 공자는 '용서'(恕: 헤아리다)라고 답하고, 다시 풀어 말하기를 "자기가 하기 싫어하는 일을 남에게 시키지 말라(己所不欲 勿施於人)"는 뜻이라고 했다. 밭에서 풀을 뽑는 화자는 평소에 풀의 윗부분은 물론이고 뿌리까지 없애버리는데, 원한 같은 것은 까맣게 잊고 아무렇지도 않게 다시 얼굴 내밀고 꽃까지 피워올려 빙그레 웃는 풀의 모습을 보고 공자가 말한 용서의 진수를 자연에게서 배우고 있다.

그런데 이렇게 천진한 자태로 우주의 섭리를 가르쳐주고 있는 자연의 원융상도 그렇게 오래 지속되지 않을 것 같은 예감을 받는다. 자연을 다른 각도에서 의인화하여 표현한 「자연학교」나 「지구 수족관」 같은 시에 자연의 미래에 대한 부정적 인식이 담겨 있기 때문이다. 「자연학교」는 우리가 대하는 자연 공간을 학교로 설정하여 재미있게 표현한 작품이다. 그런데 그 시의 끝 부분은 "한동안 분교였

으나 지금은 모두 다른 간판을 내걸고 있는 학교, 곧 지구
에서 없어질 학교"로 되어 있다. 이것은 인간에게 여러 가
지 이로운 것을 가르쳐주던 '자연학교'가 이제는 그 기능을
잃고 지구에서 사라질 것 같다는 위기감을 예고해준다.
「지구 수족관」은 이보다 사정이 더 악화되어 숨 쉴 구멍이
없어지고 천지가 뒤집혀 거꾸로 박히고 아무 기척도 없이
사라질 참혹한 사멸의 장면을 예감하고 있다. 이렇게 된
이유와 원인은 물론 인간에게 있다. 그러면 인간의 상황이
어떠하기에 이렇게 비관적인 예감을 갖게 되었을까? 그
단서를 알려주는 작품이 여러 편 있다.

멀리 갈 것도 없이
그는 윗도리 하나를 척 걸쳐놓듯이
원룸 베란다 옷걸이에 자신의 몸을 걸었다
딩동 집달관이 초인종을 누르고
쾅쾅 빚쟁이가 문을 두드리다 갔다
그럴 때마다 문을 열어주려고 펄럭인
그의 손가락이 풍장되었다
하루 대여섯 번 전화기가 울었고
그걸 받으려고 펄럭인
그의 발가락이 풍장되었다
숨넘어가는 해를 바라보려고
창을 조금 열어두길 잘했다

옷걸이에 걸린 그의 임종을

해가 그윽이 내려다보았고

채 감지 못한 눈을 바람이 달려와 닫아주었다

살아 있을 때 이미 세상이 그를 묻었으므로

부패는 이미 상당히 진행된 상태였다

진물이 뚝뚝 흘러내릴 즈음

초인종도 전화벨도 더 이상 울리지 않았다

바닥에 떨어지는 눈물을

바람이 와서 부지런히 닦아주고 갔다

몸 안의 물이 다 빠져나갈 즈음

풍문은 잠잠해졌고

그의 생은 미라로 기소중지되었다

마침내 아무도 그립지 않았고

그보다 훨씬 먼저

세상이 그를 잊었다는 것도 알게 되었다

식아 희야 하고 나직이 불러보아도

눈물 같은 건 흐르지 않았다

바람만 간간이 입이 싱거울 때마다

짠물이 알맞게 밴 몸을 뜯어먹으러 왔다

자린고비 같은 일 년이 갔다

빵을 꿰었던 꼬챙이만 남아

그는 건들건들 세월아 네월아

껄렁한 폼으로 옷걸이에 걸려 있었다

경매에 넘어간 그를 누군가가 구매했고
쓰레기봉투에 쑤셔 넣기 전
쓸데없는 물건으로 분류된 뼈다귀 몇 개를
발로 한번 툭 걸어찼다　　　　　　　——「풍장」전문

　이 작품은 조금의 빈틈도 허용하지 않고 점착력 있는 묘사와 서술로 구성되었다. 어느 한 단어도 허술히 다루지 않고 적재적소에 시어를 배치하는 정교한 조어법이 경탄스럽다. 한 사나이가 자신이 거주하는 원룸 베란다 빨래 건조대에 목을 매었다. "멀리 갈 것도 없이"는 죽음을 선택한 사나이의 마음이요, 그다음에 이어진 "윗도리 하나를 척 걸쳐놓듯이"는 숨이 끊어져 몸이 늘어진 사나이의 모습을 형용한 말이다. 시각이 다른 두 문장이 하나로 합쳐지면서 시적 섬광이 발생한다. 자신의 헛된 몸 하나 버리는데 장소가 무슨 상관이냐는 자포자기의 무력증과 살던 몸을 버리는 것이 그저 옷걸이에 자신의 옷을 거는 것과 다를 바 없다는 무망한 허탈감이 두 시행에 도발적으로 교차된다.

　원룸에서 혼자 몸을 버린 사내이니 사연이 많을 것이다. 집달관이 초인종을 누르다 갔고 빚쟁이가 문을 두드리다 갔고 전화벨도 하루 여러 번 울렸다. 그다음에 이어진 생각은 슬프면서도 유머러스하다. 그럴 때마다 그의 손가락과 발가락이 움직이려 반응을 보였으나 모두 풍장되었다는 것이다. 생명을 잃은 몸이 어찌 움직일 수 있었겠는가? 죽어서도 생시에 하던 그대로 반응이 있었을 것이라는 상상이다. 그러면서 그것은 조금도 움직이지 못하고 손가락 발가락부터 핏기를 잃으며 탈색되어가는 부식의 과정을 연상케 한다. "진물이 뚝뚝 흘러내릴 즈음"이라고 부패의 정도를 노골적으로 이야기하기도 했지만 "바닥에 떨어지는 눈물을/바람이 와서 부지런히 닦아주고 갔다"는 구절은 죽음이 남긴 누추한 생의 잔재를 자연이 말끔히 수습해준다는 위안의 의미를 전달한다.

"자린고비 같은 일 년이 갔다"고 했다. 어떻게 하면 시간이 자린고비처럼 흐르는가? 자린고비는 지나칠 정도로 인색한 사람이니 그에게는 일 년이 지나가는 것도 아주 조금씩 소모되면서 지나갈 것이다. 아주 천천히 진물이 빠지고 눈물이 빠지면서 지루할 정도로 천천히 시간이 지나가자 육신이 탈골되어 베란다 옷걸이에 "빵을 꿰었던 꼬챙이만 남아" 건들건들 걸렁한 모양으로 걸려 있게 되었다. 매우 참혹한 이 장면도 시인은 하나의 객관적 정황을 제시하듯 드라이하게 묘사했다. 해골의 상태로 발견된 이 잔재는 무가치한 사물이 되어 비닐 봉투에 담겨 어느 조사실 같은 곳으로 운반될 것이다. 마지막 시행의 냉담한 묘사는 인간의 주검이 갖는 가치가 거의 없는 현실에 대한 비정한 인식을 설득력 있게 전달한다. 우리의 삶이라는 것, 우리의 생명이라는 것도 어느 시각에서 보자면 이렇게 "쓸데없는 물건으로 분류"될 수 있다는 사실을 알려주고 있다.

이러한 부정적 생의 관점에서 보자면, 자연과 인간이 소통하고 자연이 인간에게 깨우침과 교훈을 주고 인간이 자연을 통해 정서적 울림을 갖고 하는 것은 모두 과장이고 가식이다. 인간이 한갓 빵을 꿰던 꼬챙이로 남아 무가치한 뼈다귀가 될 터인데 자연과의 호응이 무슨 사치스런 유희란 말인가? 인간은 각박한 삶의 한끝에 매달려 무거운 몸으로 하루하루를 살아간다. "캄캄한 천길 벼랑을 탄탄대로라고 으스대며" 나서지만, 어디로 가는 것이 옳은지도 모르는 길을 "뒤집어진 채 사지가 잘린 채"(「적막 또는 막막」) 기어간다. 지옥과 같은 상황이 엄습하는데도 오체투지의 자세로 배 안에 밥을 쑤셔 넣는 일에만 열중하다가(「오체투지」) 종말의 시간이 오면 무너져내려 자취도 없이 사라지고 마는 존재가 우리 인간이다. 이것은 매우 끔찍스러운 일이다. 그래서인지 시인은 죽음을 연상하기도 하고 "망자들이 우리를 보며 울고 있다"(「참배」)고 생각한다. 이처럼 참혹한 상상은 아니지만, 세상살이의 어긋남이 가져오는 슬픔과 그 슬픔을 떠받치는 풍문의 덧없음을 다소 감상적으로 노래한 다음 시는, 비애와 회한으로 얼룩진 우리들 삶의 실상을 진솔하게 드러내는 것 같아 인상적이다.

낯선 저수지 앞에서 문득 걸음을 멈추었다

지난해 물에 빠져 죽었다는 그녀
어릴 적 고모네 가며 함께 걸었던 누이
그러고 두세 번 보았을까
시집가 아이 둘 낳았다는 풍문
신랑과 별거해 호프집 한다는 풍문
어느 날 가게 문 닫고 나가 감감무소식이라는 풍문
그리고 며칠 뒤
단골 총각과 함께 저수지 위로 떠올랐다는 풍문을
신문 귀퉁이에서 읽었다
고모는 우세스럽다며 입을 다물었지만
풍문에 쫓겨 수몰되었을 누이의 로맨스를
나는 알 것도 같다
풍문이 밝히지 못한 단말마의 흐느낌을
누구든 생의 끝 진실은 풍문이 되고 말 것이지만
누이의 늦은 사랑은 아무래도 풍문이 아닐 것 같다
그게 옳다면 바보처럼 죽지만 말고
뭐라고 말 좀 해보라며
목이 멘 저수지 수면이 자꾸만 자꾸만
가슴을 쥐어뜯는다
나는 너무 늦게 이 저수지에 왔고
누이는 너무 늦게 사랑을 알았을 뿐　　　—「풍문」 전문

너무 늦게 사랑을 안 누이는 죽음을 선택할 수밖에 없었

고 누이를 죽음으로 몰아낸 사연은 다른 사람에게 그저 가벼운 풍문이 되어 떠돌았을 뿐이다. 풍문에 가려진 진실은 죽은 두 사람만의 소유물인 것. 그 둘의 죽음으로 영원히 밀봉될 사랑의 진실, 그 진실이 가져왔을 단말마의 흐느낌 같은 것에는 관심을 갖지 않는다. 사람들은 진실의 심층보다 표층에 떠도는 소문의 선정성에 호기심을 느낄 뿐이다. 그 진심을 이해하고 싶어 하는 화자도 누이와의 시간 차 때문에 누이를 진정으로 이해하지 못한다. 풍문의 한끝에 서서 그 안에 숨어 있을 진심을 짐작할 뿐이다. "나는 너무 늦게 이 저수지에 왔고/누이는 너무 늦게 사랑을 알았을 뿐"이라는 구절이야말로 우리가 세상에서 숱하게 대하는 생의 어긋남, 영원히 화해할 수 없는 생의 위화감을 압축적으로 드러낸다.

그러면 이와 같은 삶의 어긋남, 그것이 가져올 순정성의 훼손, 거기서 올 극심한 절망의 탄식, 거기에 대한 대안은 없는가? 있을 것이다. 그것이 없다면 앞에서 본 자연과 인간의 화해로운 조응이 어떻게 탄생할 수 있겠는가? 그러면 그 소통과 조응을 가능하게 하는 동력은 무엇인가? 자연에 합치될 수 있는 인간의 천진성, 동심의 무죄함에 대한 성찰이다. 「기도」라는 시는 미사 때 올리는 아이의 기도를 시의 화제로 삼고 있다. 순진하기 그지없는 아이는, 미사 볼 때 졸지 않게 해달라고 기도하고, 졸 때 하느님이 다녀 가시지 않게 해달라고 기도한다. 아이의 천진한 기도에 동화된 화자 역시 작고 소박한 기도를 한다. 집 나간 강아지가 무사하기를 빌고, "제발 무서운 짐승에게 잡아먹히지 않게 해달라고" "잡아먹히더라도 개소주 같은 건 안 되게 해달라고" 빈다. 이 천진성이 자연과 호응하여 우주의 섭리를 알게 하는 동인이다. 무구한 천진성이 있어야 자연은 자신의 몸을 열어 인간을 품 안으로 끌어들인다. 살색 그대로인 고추를 드러낸 아이들이 "재잘대는 말소리도 살색, 쿨럭쿨럭 기침 소리도 살색"(「고추」) 그대로 보여줄 때 자연으로 가는 문이 열린다. 그러한 유아적 천진성을, 살색 그대로의 꾸밈없는 마음을 우리 앞에 실현하는 존재들이 간혹 있다. 그런 사람들이 있기에 자연을 보는 눈이 유지되고 자연과의 화합도 꿈꿀 수 있다. 우리를 구원하여 진심의 세계로 이끄는 의인들. 그중의 하나가 다음 시에 있다.

> 땡볕 피해 잠시 그늘에 서서 땀 식히는데
> 건너편 공사장
> 함지에 돌무더기 담아 부지런히 이다 나르는 저 여자
> 노래방 도우미만 해도 한 시간 몇만 원이라는데
> 공짜 술에 노래에 장단이나 맞추어주면
> 넉넉한 하루 일당이라는데
> 참 딱하다 시원한 그늘을 두고
> 땡볕 아래 구슬땀 흘리며 가지 뻗는 저 여자

큰 나무가 드리워준 시원한 그늘을 마다하고

있는 힘 다해 그늘을 밀어내며

은근히 파고 들어온 남정네의 취한 손길을 밀어내며

참 딱하다 그늘에서 퍼낸 돌무더기

뙤약볕 아래 자꾸자꾸 내다 버리고 있는 저 여자

그녀가 버린 돌무더기

환한 땡볕 아래 모여 앉아 반질반질 윤기 나는 눈으로

이쪽 그늘의 나를 쳐다보는데

와르르 또 한 번의 돌무더기를 내려놓고

바삐 돌아서는 저 여자

그늘에 선 나를 쓸어 담아

와르르 뙤약볕 한가운데 내려놓으려고

성큼성큼 다가오고 있는 저 여자

—「뙤약볕 저 여자」 전문

세상에는 묘하게도 "시원한 그늘을 두고/땡볕 아래 구슬땀 흘리며 가지 뻗는" 나무 같은 사람이 존재한다. 나무의 생리를 본받으려는 자연의 순례자들이다. "있는 힘 다해 그늘을 밀어내며" 혼자의 삶을 개척해가는 존재들. 그들이 우리에게 참다운 삶의 맛을 일깨워준다. 시인은 아직도 소외된 계층의 노동에 깊은 관심을 갖고 있다. 건강한 노동의 결과물인 버려진 돌무더기는 "환한 땡볕 아래 모여 앉아 반질반질 윤기 나는 눈으로/이쪽 그늘의 나를 쳐다보는" 것이다. 이것은 그의 첫 시집의 표제작 「아직도 쭈그리고 앉은 사람이 있다」에 나오는 "벌어진 널빤지 사이로 이쪽을 쏘아보고" 있는 응시의 눈길과 통한다. 이십여 년의 세월 속에서도 시인은 소외된 소수자들이 갖고 있는 강렬한 응시의 힘을 그대로 간직해온 것이다.

그 여자는 건강한 노동의 복판인 "뙤약볕 한가운데"에 있고 나는 행동의 중심에서 벗어난 "그늘"에 있다. 저 여자의 존재상은 어떤 것인가? "그늘에 선 나를 쓸어 담아／와르르 뙤약볕 한가운데 내려놓으려고／성큼성큼 다가오고 있는" 여자라고 시인은 말하였다. 겉으로는 건강한 노동의 현장으로 나를 이끌고 가려는 존재인 것처럼 표현했지만 쉰 살을 넘긴 시인에게 건강한 노동은 무리다. 다만 그에게 건강한 삶의 천진성을 일깨워주는 존재다. 그래서 "뙤약볕 저 여자"는 강아지를 찔러보는 햇살, 다랑이를 찔러보는 비, 열매를 찔러보는 바람처럼 나를 찔러보는 존재다. 그 찔러봄이 소외된 소수자들이 갖고 있던 응시의 힘이고 야성으로 빛나던 강인한 생명력이고 자연의 진정성과 만나게 하는 견인의 힘이다.

황폐한 삶의 굴레 속에서도 시인으로 하여금 자연에 눈을 돌리게 하고 자연과 화합하게 하는 동인이 무엇인지 우리는 알게 되었다. 시적 주제의 측면에서 알아본 이런 이해와는 달리 시적 생리의 측면에서 이번 시집에서 발견되는 최영철 시의 색다른 발랄성에도 우리는 눈을 기울일 줄 알아야 한다. 그것은 언어유희로부터 출발하여 독특한 가락과 장단을 통해 시의 새로운 리듬을 생산해내려는 시인의 노력이다. 가령 「엄청난 무기」에서 "어깨가 우쭐"과 "무엇이 걱정"을 반복해가며 자신의 천진한 꿈을 흥겹게 엮어나가는 연쇄적 리듬의 창조라든가 「4월 꽃비」에서 "야 이 후레자식아"를 반복적으로 삽입해서 연이어 비처럼 떨어지는 꽃잎들의 흩날림을 유머러스하게 표현한 방법, 「쉼」「늙음」 등의 시에서 시행을 "쉼"으로 끝맺거나 "늘 그럼"으로 시작하여 언어의 중의적 표현 속에 시의 리듬을 살리고자 한 노력 등은 현대 시에 새로운 운율을 도입했다는 점에서 중요한 문학사적 성과로 평가되어야 한다. 새로운 리듬을 생산하려는 노력이 가장 집약적으로 응결된 작품은 다음의 시다.

숟가락 젓가락 어깨춤 배춤 먹다 만 국그릇 빈 밥그릇

간장 종지 짜게 갔다 싱겁게 돌아오는 지게목발 된서리

내 뺨따귀 네 허벅지 내 머리통 네 등허리

질펀 넓적 오동통 볼기짝 망할 놈 육시랄 놈

산에 가서 나무 베고 강에 가서 멱 감아

간들간들 봄바람 살랑살랑 여름바람 휘영청 갈바람

얼음장 칼바람 날 선 꽃샘바람 뻥 뚫는 빈 가슴 메아리

뚝딱 뚜다닥 뚝닥 뚜닥 어두운 담벼락

높이 선 적막을 밀어내고 잡귀를 쫓아내고

서에 번쩍 북에 번쩍 한달음에 도망가는 앞뒤 강 추임새

얼쑤 한번 일어나 덩실덩실 놀아보는 굿거리 세마치

중모리 중중모리 자진모리 휘모리 엇모리

양은냄비 두레밥상 꽹과리가 깨앵깨앵 소리쳐 부르자

단잠 깨고 오종종 걸어와 묵직한 징소리로 엎드린

햇살 한 줌 궁……………………………

─「장단」 전문

이 시를 읽으면 그가 추구하는 시적 리듬의 뿌리가 어디에 닿아 있는지 알 수 있을 것이다. 그는 우리 핏속에 흘러오는 민요의 가락을 종합적으로 계승하여 인생사와 자연사에 병치되는 새로운 가락을 창조하려 한다. 이것은 이번 시집에서 새롭게 선보인 창조적인 시도다. 이 새로운 리듬은 그가 추구하는 자연과 인간의 비차별적 소통과 연결되며 소통의 기반이 되는 천진성의 회복과도 연결된다. 시의 리듬이야말로 시에서 가장 원초적이고 자연 발생적인 기본 요소이기 때문이다.

시의 리듬은 이념이나 사유를 떠난 인간의 원초적인 생의 호흡을 반영한다. 그것은 어린아이의 살색 고추와 같은 것이다. 원초적인 생의 리듬은 인간의 천진성과 연결되고 인간의 천진성은 자연의 섭리에 다가갈 수 있는 문을 열어준다. 그런 의미에서 최영철 시의 리듬은 자연의 천진성과 인간의 천진성을 넘나들게 하는 신묘한 굿판의 장단이라고

할 수 있다. 자연, 인간, 리듬의 측면에서 최영철이 펼쳐
낸 시적 진경은 21세기 한국 시의 새로운 풍광으로 자리
잡을 것이다. ▨